모든 것의 첫걸음

# 모든 것의 첫걸음

글·그림

최영희

**차례**

## 온전히 사랑하라
모든 것의 첫걸음, 나를 사랑하는 일

## 받은 것처럼 감사하라
그럼에도 불구하고, 감사할 수 있다면

## 두려움과 손잡고 용기 내라

가장 아름다운 모습, 용기를 선택한 당신

무한한 가능성 | 용기 | 배움 | 설렘과 두려움 | 자신뿐 | 부디 | 비밀 아닌 비밀 | 하고 싶은 말 | 무조건 내 편 | 좋아하는 것을 하려면 | 온전한 나의 길 | 삶 그리고 삶 | 진심 | 어때요 | 실과 바늘 | 차오르리라 | 누구도 나의 삶을 대신 살아줄 수 없기에 | 행하는 이유 | 상황을 바꾸는 힘 | 위로 | 그냥 | 행복도 선택

## 쉬워질 때까지 인내하라

위대하고 고귀한 힘, 인내

나무처럼 | 현명하고 지혜롭게 | 앓자 | 기다림 | 흐림과 맑음 | 허수아비 | 말 없는 하늘 | 이유 있는 속담 | 숫자가 없다면 | 흔들려도 괜찮아 | 재능 | 기도 | 담다 보면 | 나만의 속도 | 최선을 다해 | 찬바람 | 무엇을 위해 | 그저 | 성장통 | 잠시 | 하늘 여유 | 무판단 | 보물 상자 | 삶 | 과정이라는 여정 | 알 수 없는 인생

## 죽어도 여한 없이 꿈꾸라

살아 있다는 증거는 생생하게 꿈을 품는 것

규정짓지 않는다면 | 샘솟기 위해 | 나아가기 위해 | 사랑만으로 | 우선순위 | 진정한 자유 | 당신과 꿈 | 날씨를 타고 | 그 길 | 내게 남는 것 | 어른 자격증 | 숨은 이야기 | 풍년 같은 흉년 | 가보지 않은 길 | 꿈꾸자 | 천사 | 어떻게 살 것인가 | 본능 | 믿음 | 그 누구도 아닌 자신을 위해서 | 무엇의 차이 | 소중한 사람아

## 부지런히 행복하라

자유롭게 행복하기 위해

사랑, 그 자체 | 삶의 노래 | 그대에게 | 어떤 선택이든 | 행복한 순간 | 그런 사람이기를 | 내가 될게요 | 웃고 웃고 또 따뜻하고 | 눈 | 흐르는 여유 | 자유로운 모두 | 생각과 결과 | 불완전 | 언제든 원한다면 | 변화의 시작 | 기적 | 상처 | 하고 싶은가 | 맛있게 즐기면 그만 | 두 가지 해석 | 알기 위해 | 단순하게 | 숨 그리고 쉼 | 닦다 보면 | 파랑새 | 바다로 바다로

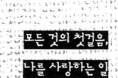

모든 것의 첫걸음,
나를 사랑하는 일

온전히 사랑하라

# 질문

나는 나를 사랑하는가?
온전히 사랑하는가?


나는 생생한 꿈을 꾸고 있는가?
죽어도 여한이 없는 꿈을 꾸고 있는가?


나는 어떤 순간에도 평안한가?
어떤 순간도 곧 지나가리라는 것을 알고 있는가?


나는 묵묵히 걸어갈 준비가 되어 있는가?
어떤 고난이 와도 포기하지 않을 준비가 되어 있는가?


과연 나는, 죽을 때 후회하지 않을 자신이 있는가?
죽음 앞에서 미련 없이 떠날 수 있는가?

# 나

인정받으려
애쓰지 않아도 됨을.

훌륭하거나
위대하지 않아도 됨을.

세상에 하나뿐인 나,
그것만으로 충분한 것을.

그냥 나,
있는 그대로 사랑스러운 것을.

# 꽃

키가 작든
키가 크든
아름다운 꽃인 것을.

벌이 앉든
앉지 않든
변함없는 꽃인 것을.

봉오리든
저버렸든
그저 꽃인 것을.

순간순간
피어나는
사랑스러운 꽃인 것을.

모든
사람 또한
꽃과 같은 것을.

# 매일, 하루

매일 좋을 순 없지만,
하루를 소중하게 보낼 수 있음을.


매일 설레진 않지만,
간직하고 싶은 하루를 보낼 수 있음을.


매일 재미있을 순 없지만,
의미 있는 하루를 보낼 수 있음을.


매 순간 웃을 순 없지만,
순간순간 행복할 수 있음을.


하루 순간을 사랑하는 일은
결국, 나를 사랑하는 일임을.

# 마음아

하루에 열두 번도 더 바뀌는 마음아
변덕이 심한 마음아


작은 것도 그냥 넘기지 못하는 마음아
여유 없는 마음아


어디에 기댈지 모르는 마음아
말이 없는 마음아


누구도 알아주지 않는 마음아
내 마음아


이제 내가 잊지 않으마
늘 함께 있는 마음아

# 그때의 나에게

나이기를 부정하고
떠오르기를 거부하고
그 시절을 지워버리고


사실, 못난 모습이든
실수한 모습이든
모든 모습이 다 나인 것을.


들춰보기 싫은
감추고 싶은 모습일지라도
내가 아닌 나는 하나도 없음을.


그때의 내가 싫기보다
그 순간의 상황이 싫었던 것을.


모든 순간의 나에게 애썼다고
살아내느라 수고했다고
다 괜찮다고 위로하면 그만인 것을.

# 문득

사랑합니다.

나와 연결된 모든 것을.

# 부부 혹은 연인

사랑하는가?
자신과 맞는 부분만 사랑하고 있지는 않은가?
온전히 사랑한다고 말할 수 있는가?


믿는가?
믿고 싶은 대로 믿고 있지는 않은가?
온전히 믿는다고 말할 수 있는가?

## 존재, 자체

숨 쉴 때마다
자신이 축복받은 존재라는 걸
느낄 수 있는 그 날이 오기를.

# 인생

속도보다 중요한 것은
방향이라는 것.

채움보다 중요한 것은
비움이라는 것.

무엇보다 중요한 것은
나는 자유라는 것.

# 쉼

나아가다 지치면
잠시, 멈출 수 있기를.

쉬어가며
자신을 돌볼 수 있기를.

쉼 또한
나아가는 것임을.

# 지금이라는 추억

추억 속 장소는 변함없이 그대로지만
혼자 훌쩍 커버린 거 같아
묘한 감정에 휩싸임도 잠시,

한 걸음 한걸음 디딜 때마다 그립지만
돌아가고 싶지 않음을.

지금 순간들이 모여
추억이 된다는 것을 알기에,

추억이 될 지금을
소리 없이 즐길 뿐.

# 홀로

나를 알아가고 알아주고
치유하고 사랑하는,

나에 관한 모든 일은
홀로 있는 시간에 깊어짐을.

누구에게나
꼭 필요한 시간임을.

# 가장 좋은 책

책 중에 가장 좋은 책은
산책이라 하였음을.

산책은 그 어떤 책보다
사람을 맑고 깊게 함을.

오늘은 가깝고도 가까운
가장 좋은 책으로 숨 쉼을.

# 행복한 사람

비가 오나 눈이 오나
할 일이 있으니
행복한 사람.


낮이나 밤이나
이루고 싶은 꿈이 있으니
꽤 행복한 사람.


매일 아침
건강하게 눈뜨며 살아 있으니
꽤 많이 행복한 사람.

# 살면서

이루고자 하는 삶의
스스로 중심이 되어


자신이 가장 믿는 사람이
자신이 되기를.


자신이 가장 존중하는 사람이
자신이 되기를.


진심으로 자신을
사랑하는 사람이 되기를.

# 같은 뿌리

세상을 바라보는 눈은
제각각이지만
뿌리는 모두 같음을.

무슨 일이든
남 일 보듯 하지
않아야 하는 이유임을.

# 거짓말

나는 안다.

진정 원하는지
원하지 않는지

온전히 사랑하는지
사랑하지 않는지

순간 행복한지
행복하지 않은지

내가 누구인지
어디에서 왔는지

어디로 가고 있는지
무엇을 향해 가고 있는지

나는 나를 잘 안다.

# 모를 뿐

창문 사이로 비추는
햇살에도

추적추적 내리는
빗방울에도

간지럽히듯 살랑이는
바람에도

모를 뿐,
나는 사랑 받고 있음을.

알지 못할 뿐,
순간순간 온전히 사랑받고 있음을.

# 틀에 박힌 자유

틀에 박힌 나는
어느새 자유마저 틀에 가둔 것은 아닌지
틀에 박힌 자유는 어쩐지
쓸쓸하고 허전하며 고독하지만
그럼에도 자유로움에는 변함없기를.

틀에 박힌 나는
어느새 선택마저 틀에 가둔 것은 아닌지
틀에 박힌 선택은 어쩐지
지겹고 재미없으며 적막하지만
그럼에도 나는 선택할 것임을.

틀에 박힌 하루일지언정 즐기고
자유롭게 선택할 수 있음에 감사하며
틀에 박힌 나일지언정
사랑할 것임을.

# 누군가를 사랑하기 전에

다른 사람을 바라보기 전에
나를 먼저 바라보고

다른 사람을 알아주기 전에
나를 먼저 알아주고

다른 사람을 사랑하기 전에
나를 먼저 사랑하기를.

스스로를 소중히 여긴다면
모든 사람이 나를 소중하게 여김을.

나를 소중히 여길 줄 아는 사람이
다른 사람도 진정으로 소중히 여길 수 있음을.

# 내면 목소리

무엇을 진정으로
좋아하고 원하는지
구분할 수 있다면
살아가는 선택의 순간마다
현명한 선택을 할 수 있음을.

더불어 무엇이 중요하고
중요하지 않은지
구분할 수 있다면
지혜로운 삶을 살 수 있음을.

# 모두의 나

소리 없는 빛일지라도
밝게 빛나고 있음을.


어떤 순간도
사랑이 아닌 적이 없음을.


모든 순간의 모습이
아름다운 당신임을.

## 당신에게

삶이 당신을 통해
살게 하고

삶이 당신을 통해
웃게 하고

삶이 당신을 통해
사랑하게 하기를.

있는 그대로
아름다운 당신에게,

두 손 모아
사랑합니다.

그럼에도 불구하고,

감사할 수 있다면

받은 것처럼 감사하라

# 하나

높고 낮음, 길고 짧음
위와 아래, 안과 밖

긍정과 부정, 행복과 불행
빛과 어둠, 선과 악

낮과 밤, 삶과 죽음
모든 것은 하나임을.

한쪽 없이 다른 한쪽이
존재할 수 없음을.

세상 모든 것은 연결되어 있으며
우주는 하나임을.

# 온전한 나의 것

세상에서 온전하게
유일한 나의 것은 지금임을.

순간순간을
소중히 여길 수 있기를.

# 아름다운 세상

희망을 선물하는 태양
평화를 지키는 바다
꿈을 머금은 하늘
사랑을 밝히는 별

생명을 품은 땅
영혼을 맡기는 바람
순간을 살아가는 꽃
침묵을 지키는 우주

아름다운 세상에
살아갈 수 있음에 감사하며

아름다움을
느낄 수 있음에 감사하며

아름다운 세상을
지킬 수 있는 내가 되기를.

# 만나러 갑니다

행복이 찾아오지 않으면,
먼저, 만나러 가면 됩니다.


숨 쉬고 있음에 감사하며
선택할 수 있음에 감사하며


지금,
만나러 갑니다.

# 숨 쉬듯

살아 있고 홀로 숨 쉴 수 있음에
볼 수 있고 맡을 수 있음에
들을 수 있고 말할 수 있음에
느낄 수 있고 만질 수 있음에
감사한 것을.

가고 싶은 곳에 갈 수 있음에
먹고 싶은 것을 먹을 수 있음에
하고 싶은 것을 할 수 있음에
쓰고 싶은 것을 쓸 수 있음에
그저, 감사한 것을.

# 인생의 선물

위기와 고난은
삶의 귀중함을 일깨워주고

소중한 것과 중요한 것이
무엇인지 깨닫게 해주는
인생의 선물임을.

어떤 상황에도
선물을 알아차릴 수 있는
지혜가 함께하기를.

# 걸으며

이어폰으로 흘러나오는
잔잔한 노랫소리에
소소한 행복을 느끼고

이어폰 너머로 들려오는
귀뚜라미 울음소리에
따뜻한 마음을 느끼며

언제든
희로애락을 함께하는
노래가 있어 풍요롭고

어디를 가든 존재하는
자연이 있어 아름다움을.

# 원

끝을 두려워하지
않아도 됨을.

끝과 동시에
다시 시작하므로.

# 소리 열쇠

몸이 하는 소리에
귀 기울일 줄 아는 지혜가 있기를.

마음이 하는 소리에
지나치지 않을 축복이 있기를.

모든 열쇠는
자신에게 있음을 깨닫게 되기를.

# 찰나의 순간에게

지금 여기
찰나의 순간아

기다려줘서 머물러줘서
함께해줘서 고마워

늘 내 편이
되어줘서 고마워

# 보이지 않는 선

깊은 관계란

보이지 않는 수많은 선과의

무언의 약속임을.

# 작은 무엇

스치듯 지나치는
작은 것이

어떤 이의 삶을 바꾸기도
누군가에게 희망이 되기도 함을.

작디작고
보잘것없어 보일지라도

누군가에게는
가치 있고 소중한 것임을.

# 소중한 고백

끊임없이 속삭이는
자연의 고백을 놓치지 않기를.


지금을 살며
자연의 소중한 고백을 들을 수 있기를.

# 달력 속 까만색

학교 종이 울리기만 기다린 까만색
퇴근만 기다린 까만색
빨간색만 기다린 까만색

기다림을 위한 삶을 살게 한
내 달력 속 까만색에게
미안한 감정을 느끼며

앞으로의
달력 속 날들에게는
미안하지 않게

웃고 웃는 까만색
느끼고 즐기는 까만색
감사하며 나누는 까만색

하루하루
온전히 사는
내가 되기를.

# 첫눈 보듯

첫눈이 내리는 날처럼
창밖을 볼 수 있기를.


여유를 느끼며
미소 지을 수 있기를.


사랑하는 사람과
함께할 수 있기를.


해마다 다시 오는 첫눈에
감사할 수 있기를.


첫 마음 그대로
변함없기를.

# 행복과 기적

곁에 두고 있음을
알아차리지 못할 뿐.

가족이라는 행복과
함께라는 기적을.

# 내게 온 하루

차 한 잔과 함께
소중함을 담을 수 있기를.


어떤 선택이든 옳다는 믿음과
묵묵함을 기를 수 있기를.


모든 것을 있는 그대로
사랑할 수 있기를.

# 웃는 날

어느 하루를 정해
모든 사람이
웃는 날로 정하면 어떨까.

세상 사람이
한마음으로
웃고 있다면 어떨까.

웃음꽃이 핀 지구는
그 어느 때보다도
아름답지 않을까.

# 웃음

웃음 안에는
가난이 없음을.

감사 안에는
불행이 없음을.

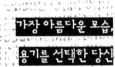
가장 아름다운 모습,
용기를 선택한 당신

두려움과 손잡고 용기 내라

# 무한한 가능성

없다고 부족하다고
절망하지 않기를.

비어있으므로 인해
무엇이든 채울 수 있으니

비어있으므로 인해
무한한 가능성이 열리니

없기에
진정으로 원하는 것을 넣을 수 있음을.

# 용기

한 번도 해보지 않은
새로운 것을
도전하는 것은 용기임을.

어떠한 희망도
남아 있지 않을 때
계속하는 것은 진짜 용기임을.

# 배움

배우지 못하고
배우려 하지 않아 모를 뿐.

무슨 일이든 무엇이든
배운다면

누구나 할 수 있고
누구든 될 수 있음을.

## 설렘과 두려움

내가 알지 못하는 것들과
모르는 세상 앞에서

설렘과 두려움은
사실 친한 친구이지 않을까.

설레다가도 두렵고
두렵다가도 설레는 걸 보면.

그럼에도 나아간다면
나 또한 그들과 친한 친구가 되지 않을까.

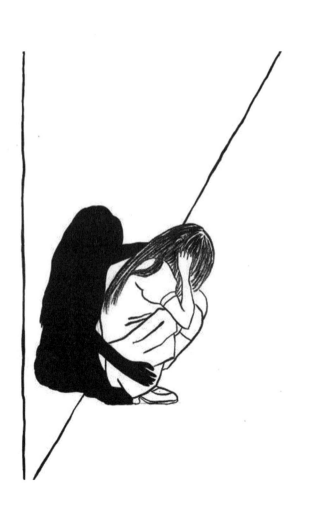

# 자신뿐

나 아닌 사람은 누구도
자신을 두렵게 할 수 없음을.


나를 버릴 수 있는 사람은
나, 자신밖에 없음을.


나를 살릴 수 있는 사람 또한
오직 나, 자신뿐임을.

# 부디

내 안의
꽃과 마주하시길.


부디, 내 안의
빛과 마주하시길.

# 비밀 아닌 비밀

다른 사람은
내가 바꿀 수 없음을.

내가 바뀌면
모든 것이 변함을.

# 하고 싶은 말

세상에서 제일 책임감이 따르는 말
"엄마"

세상에서 제일 슬픈 말
"엄마"

세상에서 제일 힘이 되는 말
"엄마"

# 무조건 내 편

어떤 말과 행동을 하든
내 편이 되어주는 누군가가 있음을.

부러울 것 없이
온 세상을 다 가진 것처럼 든든함을.

모든 것을 내어주고
인생을 함께 설계하는 소중한 동반자임을.

사실 누구에게나
든든한 자신의 편이 있음을.

누가 뭐라 해도 나는,
무조건 내 편임을.

# 좋아하는 것을 하려면

자신이 무엇을 좋아하는지
무엇을 원하는지 알며

그것을 위한
시간과 배움의 투자가 필요하며

무엇이냐에 따라
경제적 투자도 필요함을.

무엇보다 그것을 시작할 수 있는 용기와
끝없는 인내가 뒷받침되어야 함을.

# 온전한 나의 길

선택을
누군가에게 맡기고 있지는 않은지

삶을
누군가에게 기대고 있지는 않은지

나의 길은 내가 선택하고
결정하면 그만임을.

선택을 믿고
그에 따른 책임을 지면 그만임을.

소중한 인생을
다른 사람에게 휘둘리지 않기를.

한 번뿐인 인생,
온전한 나로 살아가기를.

# 삶 그리고 삶

모든 이들에게는
저마다의 삶이 있고
하나하나 귀중하지 않은 삶이란 없으며
아프지 않은 삶 또한 없음을.

그럼에도 아픔에 갇힌 삶이 아닌
찬란하게 빛나는
순간을 즐길 수 있는
평안한 삶을 살기를.

# 진심

피어나기까지
고될지라도

피어난 진심은
하늘에 닿을 것임을.

# 어때요

부족하면 어떻고
실수하면 어떤가.

눈치 보지 않고
할 수 있기를.

못하면 어떻고
욕하면 어떤가.

짧은 인생,
하고 싶은 거
다 하고 살기를.

# 실과 바늘

기회가 있는 곳에
위험이 있고

위험이 있는 곳에
기회가 있음을.

사랑이 있는 곳에
사람이 있고

사람이 있는 곳에
사랑이 있음을.

# 차오르리라

부족하다고 느낀다면
인정하고 채우면 되는 것을.

언젠간
차오르리라.

주저앉지 않고
행동으로 옮길 때

약점이
강점이 되리라.

# 누구도 나의 삶을 대신 살아줄 수 없기에

누군가가 주는 물만 받고 자란다면
발길과 물길이 끊기는 순간,
더 이상 자라지 못하게 됨을.


누구를 위해 살지 않고
누군가가 나를 위해 살아주기를 바라지 않고


내가 나를 위해주며
나를 위한 삶을 살 수 있기를.


누군가의 특별한 존재보다는
내가 나에게 특별한 존재가 되기를.

# 행하는 이유

지금의 행동은
다른 사람의 눈을 신경 쓴 행동인가
나의 눈을 신경 쓴 행동인가

보이기 위한 삶이 아닌
나를 위한 삶을 살아가기를.

# 상황을 바꾸는 힘

어떠한 부정도
긍정으로 바꿀 수 있는
용기를 갖기를.

어떠한 위기도
극복할 수 있는
용기를 품기를.

# 위로

백 마디 말보다 따뜻한 온기가
더 큰 위로가 될 수 있음을.

용기 있는 한마디가
한 사람을 살릴 수 있음을.

위로에도
용기가 필요함을.

# 그냥

지치고 만사가 귀찮은 날
아무것도 하기 싫은 날
자신에게 쉼을 줄 수 있기를.

아무것도 하지 않도록
아무것도 하지 않음을 겁내지 않도록

이유 묻지 말고 그냥,
살아내느라 수고했다고 말해주며
나를 내버려 두기를.

# 행복도 선택

지금

행복하지 못할 이유는

없음을.

위대하고 고귀한 힘,

인내

쉬워질 때까지 인내하라

# 나무처럼

울적한 하늘에도
거센 비바람에도
춤을 추는 나무

숱한 고초에도
모진 풍파에도
그 자리를 지키는 나무

나무처럼
세상이 불어오는 바람을 타고
춤을 추면 그만인 것을.

그저 나무처럼
묵묵히, 그 자리를 지키면
그만인 것을.

# 현명하고 지혜롭게

피할 수 있는 상황은
피하는 것이 현명함을.

피할 수 없는 상황을
즐기는 것은 지혜임을.

# 앓자

앓음에는
이유가 있음을.

세상에 의미 없는
앓음은 없음을.

앓는 만큼
성숙해질 것임을.

앓는 깊이만큼
아름다워질 것임을.

# 기다림

곡식도 거두어들이려면
때가 되어야 하고

물고기를 잡으려면
미끼를 물 때까지 기다려야 하며

모진 추위를 겪어야
아름다운 꽃도 피어나는 것처럼

결과가 곧바로
나타나는 일이 적으니

행하는 것만큼
잘 기다리는 것도 중요함을.

물고기가 잡히지 않는다면
낚싯대는 다시 던지면 되므로.

# 흐림과 맑음

날씨가 흐렸다 맑았다 하듯
인생이 흐렸다 맑았다 하는 건
자연스러운 일임을.

비가 온 후에 하늘이 더 맑고 선명해지듯
삶 또한 흐린 날이 있기에
맑은 날이 더 소중함을.

어둠 덕분에 별이 빛나듯
불행 덕분에 행복도 빛을 발하는 것이니
불행과 행복은 한 몸인 것을.

# 허수아비

넓은 들판에 홀로 서 있지만
허수아비는 외롭지 않음을.

자연이 속삭이는 것을
느낄 수 있으므로.

한눈 한 번 팔지 않고 묵묵히 지키지만
허수아비는 힘들지 않음을.

그곳을 사랑하고
사랑하므로.

# 말 없는 하늘

생각할 여유가 없는지
바라보는 방법을 잊었는지
고개 올릴 힘조차 없는지
한결같이 그 자리에 있으나
바라보는 이 없네

그럼에도 기다리며
늘 함께하고 있음을
곧 괜찮아질 것임을
인생은 가치 있는 것임을
하늘은 말없이 말하네

# 이유 있는 속담

마음이 급하면
초조함에 잡아먹혀
아무것도 들리지 않음을.

초조함 속에
신중함을 더하지 못하고
일을 그르칠 수 있음을.

알고 보면 급한 일은
급하지 않을 수 있음을.

급할수록 돌아가라는 명언은
이유 없이 생긴 말이 아니므로.

# 숫자가 없다면

분명 필요하지만 숫자가 없다면
나이나 점수, 집의 평수나
옷과 가방, 차와 자산의 숫자보다
오직 있는 그대로의
그 사람을 바라볼 수 있지 않을까.

숫자가 없다면 채우기보다
과정을 즐길 수 있지 않을까.
하루하루가 날짜 모를 어느 날이니
더 소중하지 않을까.
몇 시인지 모를 순간순간에
더 집중할 수 있지 않을까.

숫자에게 힘이 있지만
만족하기는 어려우므로.
숫자는 확실하지만
지혜를 찾기는 힘듦으로.
숫자는 숫자일 뿐.
의미와 가치를 갖지는 못하므로.

# 흔들려도 괜찮아

흔들리면 어떤가.
우리는 각자의 자리에서
서 있는 것만으로도
온 힘을 다하고 있는 것을.
좀 흔들리면 어떤가.

# 재능

꾸준함은
최고의 재능.

# 기도

바꿀 수 없는 과거와 같이
바꿀 수 없는 상황들은
어김없이 찾아올 것을 알기에
좋은 일만 있게 해달라고
기도하지 않음을.

다만 고통스러운 날들 속에서도
즐길 수 있게
복잡한 일들 속에서도
단순하게 살아갈 수 있게
기도할 뿐.

# 담다 보면

담다 보면
채워질 것임을.

채우다 보면
흐를 것임을.

흐르다 보면
닿을 것임을.

# 나만의 속도

누군가의 속도에 의해
자신을 지치게
만들지 않기를.

누군가의 길로 인해
자신만이 만들 수 있는 길을
버리지 않기를.

# 최선을 다해

울타리밖에 볼 줄 모르는
좁은 눈이지만
매일 조금씩
넓어질 거라 믿을 뿐.

부족하고 부족하지만
매일 사랑하다 보면
충분한 내가
될 거라 믿을 뿐.

앞으로 살아갈 날이 많지만
얼마나 살지 모르는 것이 삶이니
후회 없는 삶을 살기 위해
순간순간 최선을 다할 뿐.

# 찬바람

찬바람에
몸은 좀 시리고 추울지언정
마음까지 추울까.

세상이 아무리
찬바람을 일으킬지라도
내가 가진 따뜻함을
잃지 않을 것이기에.

찬바람 또한 바람이니
바람 타고
나의 따뜻함을
온 세상에 전할 수 있기를.

# 무엇을 위해

무엇을 보고
무엇을 못 보고 있는지

무엇을 위해
애쓰고 있는지

무엇을 위해
살아가고 있는지

# 그저

바라본다
먼 산을.

느껴본다
바람을.

외쳐본다
사무침을.

살아본다
인생을.

# 성장통

성장통이 아프다고
성장하기를 거부하는가.

실패가 고통스럽다고
성공하기를 거부하는가.

# 잠시

잠시라
할지라도

놓으며
잊어보기를.

사랑하며
내어주기를.

웃으며
살아보기를.

# 하늘 여유

고개를 들어
하늘을 볼 수 있기를.

특별하면서도 평범하게
늘 거기 있으니

다정하면서도 강하게
늘 거기 있으니

그저, 여유를 가지고
하늘을 볼 수 있기를.

# 무판단

완벽하게 보다는
흥미롭게

어렵게 보다는
즐겁게

있는 그대로 바라보고
인정할 수 있기를.

# 보물 상자

통제 안 되는 날을 위해
언제든 꺼내 볼 수 있게

모진 고난과 역경을
가볍게 견뎌낼 수 있게

순간마다 하늘을
나는 것같이 살 수 있게

# 삶

산이 아무리 가파르고
끝없이 높을지라도

가는 길이 험하고
칠흑 같은 어둠 속일지라도

오르고 오르다 보면
끝이 보이기 마련이니

정상에 올라가면
아름다운 경치를 바라보며

결국,
잘 올라왔노라고 말할 것임을.

# 과정이라는 여정

인생은 보이지 않는
모든 과정이니

결과에 집착하며
과정을 보지 못하는

안타까운 일이
일어나지 않기를.

과정이라는 여정을
그저, 즐길 수 있기를.

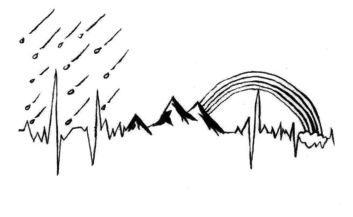

# 알 수 없는 인생

힘들고 고된 인생이지만,
오르막만 있는 산이 없듯
인생 또한 오르막만 있지 않음을.

무지개가 떠오르는 날을 그리며
그저, 웃고 즐기며
가슴 뛰는 인생 살아가기를.

살아 있다는 증거는
생생하게 꿈을 품는 것

죽어도 여한 없이 꿈꾸라

# 규정짓지 않는다면

나아감에 제일 큰 장애물은
나 자신임을.

스스로를 규정짓지
않는다면

무엇이든 될 수 있고,
무엇이든 할 수 있음을.

무한한
내가 될 수 있음을.

# 샘솟기 위해

자책하는 나를 내려놓자
다른 세상이 열렸음을.


자신을 향한 무조건적인 사랑과 믿음은
무한한 에너지를 샘솟게 함을.


말라 있던 사막에 꽃을 피우고
희망이 돋아남을.


사랑과 믿음은 때와 장소를 가리지 않고
기적을 불러옴을.

# 나아가기 위해

변화하고
나아가기 위해서는

인지하고
인정하는 일이 중요함을.

알고 있어야
똑바로 바라볼 수 있고

인정해야
행동이 가감될 것이므로.

# 사랑만으로

채찍을 휘두르는 방법만이
앞으로 나아가는 것이 아님을.

당근만 가지고도
충분히 나아갈 수 있음을.

스스로 휘두른 채찍에
상처주지 않고

당근과 사랑만으로
모든 것이 가능한 것을.

# 우선순위

급한 일보다
중요한 일을
먼저 하고 있는지.

무엇이 중요하고
중요하지 않음을
구분할 줄 아는지.

급한 일보다는 중요한 일을
먼저 하는 것이
의미 있는 삶을 사는 방법임을.

# 진정한 자유

생각과 감정으로부터
자유로운 것이
진정한 자유임을.

# 당신과 꿈

꿈을 이루기 위해
태어났으므로.


자신 안의 속삭임에
귀 기울이면


어떤 것도 막을 수 없고
무엇도 두려워할 필요 없음을.


꿈이 당신을
지켜줄 것이므로.

# 날씨를 타고

아무도 모르는
나만의 날씨가 있다면

원할 때마다 누르면
나타나는 날씨가 있다면

원하는 날씨를 타고
온 세상을 여행할 수 있다면

날씨는 돌고 돌아
타고 있던 나를 한 겹씩 벗기어

벗겨내고 벗겨내어
날씨와 하나가 된다면

원래의 나 또한 날씨이고
날씨가 나였음을.

# 그 길

아무것도 보이지 않는
컴컴한 그 길.

내가 걷지 않으면
묻혀버릴 그 길.

자신만이 걸을 수 있는
유일한 그 길.

그 길을 향해
천천히 그리고 묵묵히.

# 내게 남는 것

모든 것이 바뀔지라도
나는 사랑을 택할 것이고

모든 것을 잃을지라도
나는 사랑을 남길 것이며

모든 것이 사라진대도
나는 사랑을 지킬 것이니

죽는 순간, 원 없이 사랑했고
후회 없이 사랑했다 말할 수 있기를.

# 어른 자격증

원치 않아도 세월이 주는 자격증
고된 세상을 살아낸 자격증

책임이 주어지는 자격증
많은 것을 바꿀 수 있는 자격증

자격증 앞에 떳떳해지기 위해
오늘도 뚜벅뚜벅 살아낼 뿐.

# 숨은 이야기

누구나 알면서도 모르는 놀라운 사실은
코끼리는 어디든 날아갈 수 있는 날개를 가졌지만
날지 않아도 되는 수많은 이유로 인해 날지 않게 되었음을.

시간이 지나자 코끼리는 자신이 날 수 있다는 것과
큰 두 개의 날개가 있다는 사실까지 잊어버렸음을.

사람 또한 코끼리처럼 자신이 날 수 있다는 것을
잊어버린 것은 아닐까.

어디든 원하는 곳으로 날아갈 수 있다는 놀라운 능력을
안 날아도 먹고 살아가는 데 불편함이 없다는 이유로 인해
잊어버린 것은 아닐까.

자신이 날 수 있다는 사실을 믿는 순간,
원한다면 언제든 날아오를 수 있지 않을까.

날개를 활짝 펴고
온 우주를 여행할 수 있지 않을까.

# 풍년 같은 흉년

매해 풍년만 계속된다면
더 바랄 것이 없겠지만

매년 반복되는 가을이라고
항상 똑같지만은 않으니

원하든 원하지 않든
어김없이 흉년은 찾아오므로

흉년일지라도
풍년 같은 흉년을 보낼 수 있음을.

해석을 달리할 수 있다면
바뀌지 못할 것이 없으니

간절함은
우주를 움직일 것임을.

# 가보지 않은 길

알지 못하는 길 위에 내딛는 걸음은
불안하고 두려우나
길 자체가 두려운 것이 아님을.

내 마음속에만
살아 움직이는 감정임을.

나아가는 새로운 길은
누구의 발길도 닿지 않아 깜깜할 뿐.

깜깜한 그 길을
자신의 빛으로 채운다면

그 어느 길보다
아름답고 찬란한 길이 될 것임을.

# 꿈꾸자

어떤 것도 괜찮으니
마음껏 상상하자.

누구에게도 괜찮으니
마음껏 말하자.

무엇이든 괜찮으니
마음껏 행동하자.

모든 것은 작으니
미친 듯 꿈꾸자.

죽어도 여한 없이
꿈꾸자.

# 천사

소리 없는
꿈속의 천사는

손을 꼭 잡고
지구여행을 시켜줌을.

세상이 얼마나 즐거운 곳인지
알려주려는 듯.

지금 살고 있는 지구가
천국이라고 말해주려는 듯.

# 어떻게 살 것인가

글쎄,

자식이 어떻게 살았으면
좋겠는지 떠올리니

하고 싶은 거
다 해보며 살아가길

최선을 다해
후회 없이 살아가길

그저 건강하고
행복하게 살아가길

자식에게 바라는 대로
자신 또한 그대로 살아갈 수 있기를.

# 본능

사람의 본능 중 하나는
꿈꾸는 것.


이룰 수 없는 상황일지라도
꿈을 품는다는 것.


원하는 것을 이루고자 하는 바람은
사람이 가질 수 있는 희망이고 빛임을.


세상에 치여
잠시 감춰져 있을 뿐.


꿈꾸고 이룰 수 있는
능력을 가졌으니


능력을 의심 없이 믿는 순간,
꿈은 이루어짐을.

# 믿음

모든 것은
때가 있음을.


간절히 원한다면
가장 완벽한 때
가장 완벽한 방법으로
가장 완벽한 순간에
모든 것이 이루어짐을.


미리 감사하며
그저 의심 없이 믿기를.

# 그 누구도 아닌 자신을 위해서

꿈은 다가가는 사람의 것이니
멀리하지 않기를.

꿈은 믿는 사람의 것이니
의심하지 않기를.

꿈은 가진 사람의 것이니
이룬 것처럼 감사하기를.

누구도 아닌
자신을 위해 꿈꾸기를.

포기하지 말고
끝까지 품을 수 있기를.

# 무엇의 차이

남에겐 의미 없는
무엇이지만

나에겐 가치 있는
무엇이니

흔들리지
않기를.

# 소중한 사람아

스스로 판단하지 않고
자신을 심판하지 않으며

하고 싶은
모든 것을 할 수 있기를.

자유롭게

행복하기 위해

부지런히 행복하라

# 사랑, 그 자체

모든 사람은
사랑, 그 자체임을.

사랑은
사랑만을 창조함을.

# 삶의 노래

과연 내가 삶을 사는 것일까
삶이 나를 살고 있는 것일까

삶은 나를 통해
어떤 노래를 부르고 싶은 것일까

흐르는 대로 리듬을 타고
그저, 몸을 맡길 뿐.

# 그대에게

소중한 사람아
부지런히 행복하기를.


사랑받기 위해 태어난 사람아
아프지 않고 건강하기를.


존재만으로 존귀한 사람아
그저 평안하기를.

# 어떤 선택이든

어떤 선택이든
괜찮은 것을.


택한 그 길이
옳다고 믿는 것이
중요한 것을.

# 행복한 순간

사실 행복한 사람은 없음을.
오직 행복한 순간들만 존재할 뿐.


선택을 통해 행복한 순간들을
점점 많이 만들어 가는 것임을.

# 그런 사람이기를

아무것도 하기 싫은 날에
그냥 하는 사람이기를.

지치고 힘든 날에
그냥 하는 사람이기를.

모진 바람이 불어와도
그냥 하는 사람이기를.

열심히가 아닌
그냥 하는 사람이기를.

# 내가 될게요

내가 아닌
다른 사람이 되지 않기를.

나를 위한
나에 의한
내가 되기를.

무엇보다
나로 살기를.

# 웃고 웃고 또 따뜻하고

웃고 웃으며
행복하고 감사하기를.

나누고 사랑하며
평안하고 따뜻하기를.

즐기기 때문에
살아 있다는 것을 느낄 수 있기를.

사랑하기 때문에
소중하고 간절한 삶이기를.

# 눈

담고 있는가
무엇을 담고 있는가


사랑하는가
얼마나 사랑하는가

# 흐르는 여유

많은 시간 속에도
마음의 여유가 없으면
전혀 쉬는 게 아님을.

아무리 바빠도
마음의 여유가 있다면
시간은 느리게 흐름을.

여유를 시간에서 찾지 말고
마음에서 찾기를.

# 자유로운 모두

다른 이들의 자유를 지키며
자신의 자유를 키워가기를.

모두의 자유를 존중할 줄 아는
자유로운 내가 되기를.

# 생각과 결과

결과를 바꾸기 위해서는
생각을 바꾸는 것이 먼저인 것을.

# 불완전

있는 그대로를 받아들일 때
온전한 가치를 느낄 수 있음을.


완벽하지 않기 때문에
더 즐길 수 있음을.

# 언제든 원한다면

어느 곳, 어느 때든
멈추어 쉴 수 있기를.

내가 왔던 길을
멈추어 돌아볼 수 있기를.

길 위에 핀 꽃을
멈추어 바라볼 수 있기를.

언제든 원한다면
멈출 수 있기를.

# 변화의 시작

알아차리고
인정하는 순간
변화는 시작됨을.

# 기적

기적을 믿는 순간
기적은 찾아온다는 것을.

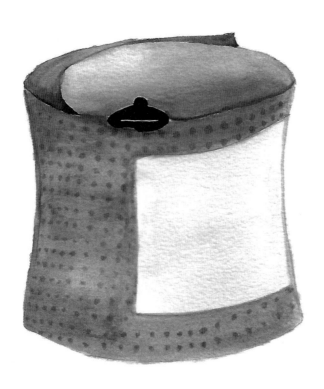

# 상처

지금이 아닌
과거의 기억 속에서
이제 그만 나오기를.

곱씹으며 내 상처를
곪게 하는 일은
그만두기를.

누군가 만들어낸
상처 안에서
살지 않기를.

# 하고 싶은가

반드시,

꼭 해야 된다는 것은 없음을.


하고 싶은지

하고 싶지 않은지만 남을 뿐.

# 맛있게 즐기면 그만

어떤 재료를 선택하든
얼마만큼의 재료를 넣든
자신이 정하는 것.

어떤 인생의 길을 선택하든
즐기며 책임지면 되는 것.

결국 인생은 자신이 만드는 것
맛있게 먹으면 그만인 것.

# 두 가지 해석

행복과 불행 사이의 간격은
생각 차이뿐.

상황을 바꾸는
나의 해석만이 존재할 뿐.

# 알기 위해

망설이지 말고
일단 시작하기를.

두려움 안고
일단 시작하기를.

알아서 시작하는 것이 아니라
알기 위해 시작하는 것이므로.

# 단순하게

늘 복잡함으로 둘러싸여 있는
주위의 모든 것들을
단순하게 바라볼 수 있기를.

# 숨 그리고 쉼

온전히 즐기며
아무것도 하지 않을
용기를 낼 수 있기를.

아무것도 하지 않는 것이
결코 마이너스가 아님을
알아갈 기회가 있기를.

그저 숨 쉬고
쉼을 취하며
자연과 온전히 하나가 되기를.

# 닦다 보면

닦고, 닦다 보면
맑고 밝아질 것임을.

닦고 또 닦다 보면
아름다운 세상이 보일 것임을.

# 파랑새

깨닫지 못했을 뿐
언제나 곁에 가까이 있음을.

그저 계속
자유롭게 내 곁에 머물러 주기를.

# 바다로 바다로

도착하지 못했을 뿐
바다로 향하고 있음을.

그저,
몸을 맡긴다면

결국, 흐르고 흘러
넓고 깊은 바다에 닿을 것임을.

# 모든 것의 첫걸음

**초판 1쇄 인쇄** 2022년 03월 11일
**초판 1쇄 발행** 2022년 03월 18일

**지은이** 최영희
**펴낸이** 류태연

**펴낸곳** 렛츠북
**주소** 서울시 마포구 양화로 11길 42, 3층(서교동)
**등록** 2015년 05월 15일 제2018-000065호
**전화** 070-4786-4823 | **팩스** 070-7610-2823
**이메일** letsbook2@naver.com | **홈페이지** http://www.letsbook21.co.kr
**블로그** https://blog.naver.com/letsbook2 | **인스타그램** @letsbook2

**ISBN** 979-11-6054-538-8 03810